Ā MANON FOR EVER
09/P
1769/8.
Nabuchodinosaurus
comix lux
aeterna

[redacted]

BEN ALORS, QU'EST-CE QU'IL FABRIQUE?
J'EN SAIS RIEN, MOI, NORMALEMENT IL DEVRAIT DÉJÀ ÊTRE LÀ!
MAIS C'EST PAS POSSIBLE! ON PEUT PAS COMMENCER L'ALBUM SANS LUI...
T'INQUIÈTE PAS, J'AI COMPRIS LE PLAN, MONSIEUR JOUE LES VEDETTES, MONSIEUR SE LAISSE DÉSIRER!...
ÇA-Y-EST! ÇA-Y-EST! IL ARRIVE!
AH BEN, C'EST PAS TROP TÔT...

SCÉNARIO : HERLÉ DESSINS : WIDENLOCHER

NAB

LES TRIBULATIONS APEUPRÉHISTORIQUES DE NABUCHODINOSAURE

Conception graphique - couverture et page de garde : BORDES
Couleurs : CHAGNAUD

CHRONIQUES DE L'APEUPRÉHISTOIRE

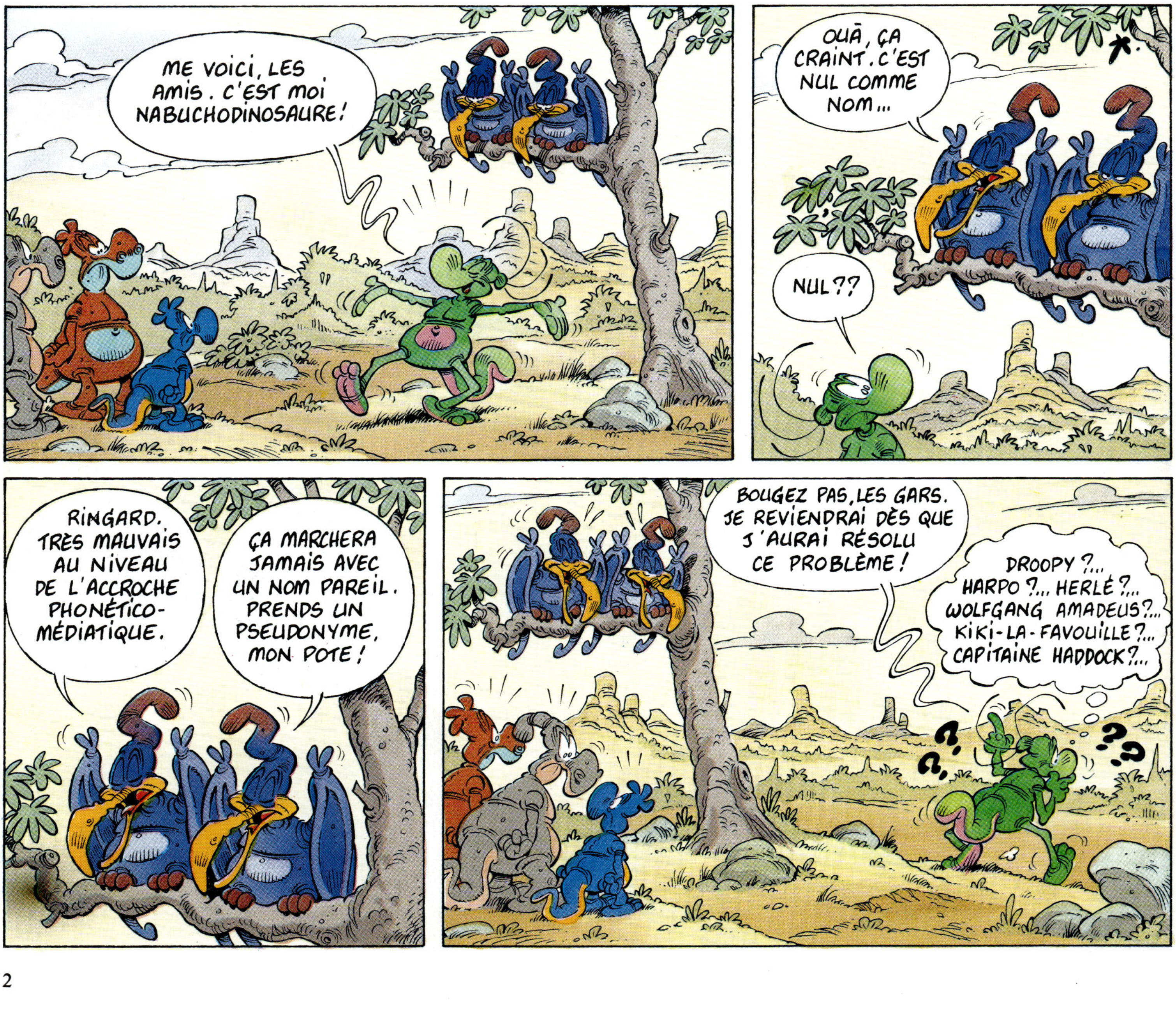

PROVOC

DÉGONFLÉ!
QUOI?
T'AS DE LA CHANCE QUE JE SOIS COOL, MEC, MAIS JE TE PRÉVIENS: ÇA, TU ME LE REDIS PAS UNE 143e FOIS!
DÉGONFLÉ!
ALORS LÀ, JE VAIS TE DIRE, MEC, T'AS VRAIMENT DE LA CHANCE QUE JE SOIS HYPER-COOL, MAIS SI TU ME LE REDIS UNE 144e FOIS, JE TE CASSE EN DEUX! COMPRIS?
DÉGONFLÉ!
HEIN??
JE TE PRÉVIENS, MEC: ÇA, C'EST UNE CHOSE QUE TU ME REDIRAS JAMAIS UNE 145e FOIS, PARCE QUE MOI, QUAND ON ME CHERCHE, ON ME TROUVE. ET LÀ, ÇA FAIT TRÈS MAL!!!
DÉGONFLÉ!
QUOI? C'EST À MOI QUE TU PARLES, LÀ? C'EST À MOI?... OOOH, TOI, J'AI L'IMPRESSION QUE ÇA FAIT UN PEU TROP LONGTEMPS QUE T'ES PAS RENTRÉ CHEZ TA MÈRE EN PLEURANT!...

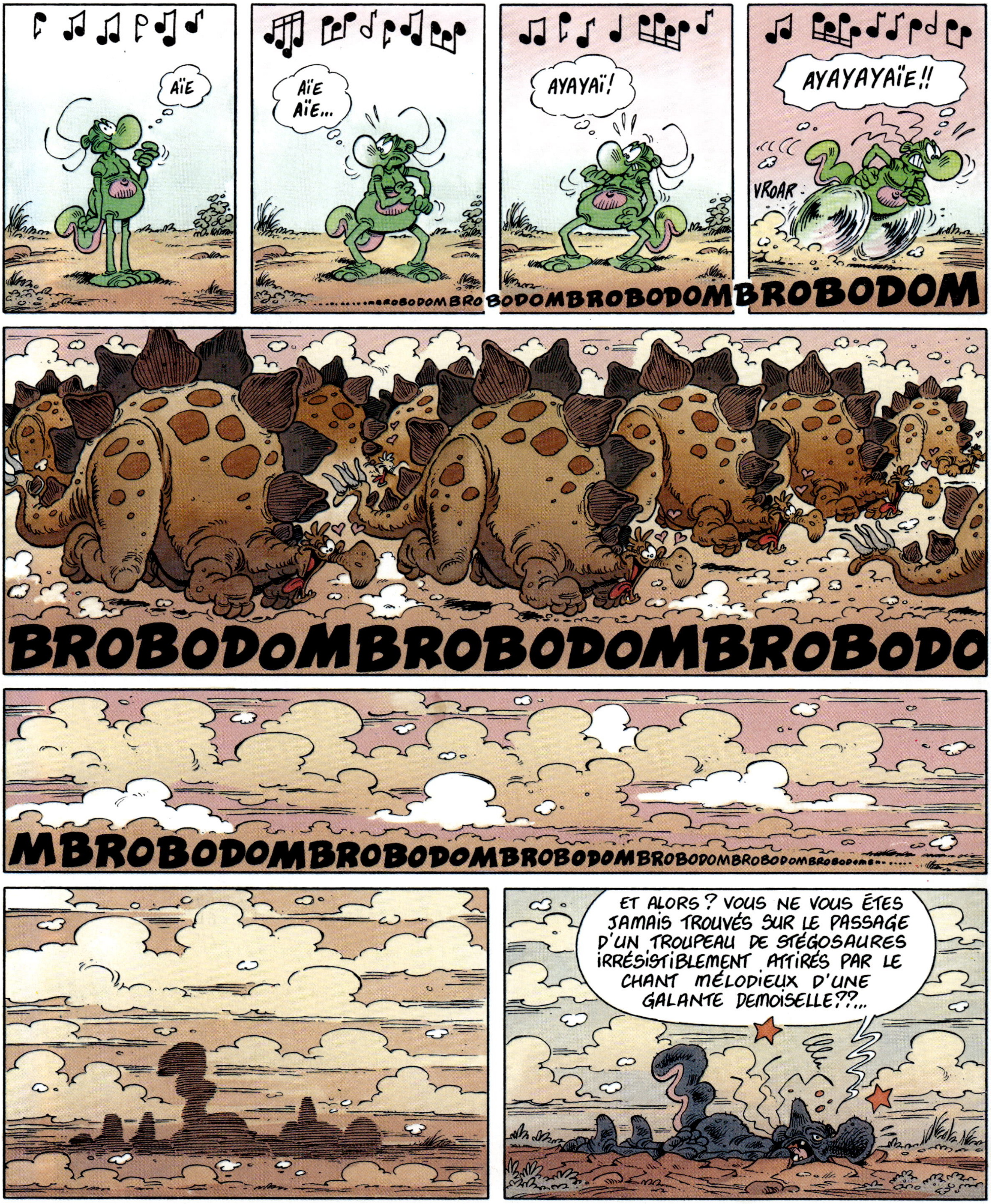
AÏE
AÏE AÏE...
AYAYAÏ!
AYAYAYAÏE!!
VROAR
..........BROBODOMBROBODOMBROBODOMBROBODOM
BROBODOMBROBODOMBROBODO
MBROBODOMBROBODOMBROBODOMBROBODOMBROBODOMBROBODOM......
ET ALORS? VOUS NE VOUS ÊTES JAMAIS TROUVÉS SUR LE PASSAGE D'UN TROUPEAU DE STÉGOSAURES IRRÉSISTIBLEMENT ATTIRÉS PAR LE CHANT MÉLODIEUX D'UNE GALANTE DEMOISELLE??...

SECOURISME

TIENS, UNE MÉTÉORITE QUI VIENT DE TOMBER DU CIEL!...
MAIS... ELLE PARLE!! ÇA ALORS!
RHÂÂÂ... OUILLE... AÏIE...
MON DIEU, ELLE A DÛ SE BLESSER! VITE VITE, IL FAUT FAIRE QUELQUE CHOSE!
AÏE... AU SECOURS! HOULALA... J'AI MAL!
GNNNN... NE T'EN FAIS PAS PETITE MÉTÉORITE, JE VAIS T'EMMENER AVEC MOI POUR TE SOIGNER... GNNNN...
GN GN GN GN
AÏE... JE...
WOUAÏ!!
HUMPF!
wouai et humpf
BOUM
BON SANG DE BOIS, MAIS ELLE PÈSE DES TONNES! ET EN PLUS ELLE S'EST REFAIT MAL... ZUT DE ZUT...
OUIOUIOUIOUIE
ÉCOUTE-MOI: JE VAIS CHERCHER DE L'AIDE. EN ATTENDANT, RESTE LÀ ET NE BOUGE PAS. COMPRIS?
AÏE... AÏE... HELP...
VOILÀ, C'EST ICI. LA PAUVRE EST TRÈS MAL EN POINT...
PAS DE PROBLÈME, JE M'EN CHARGE.
RHÂÂÂÂÂ...
DOUCEMENT, DOUCEMENT, NE LA BRUSQUE PAS...
MAIS... ELLE NE PARLE PLUS!... CATASTROPHE, ELLE DOIT ÊTRE DANS LE COMA...
AU SECOURS... JE... ARG... BOBO...

PRÉCAUTIONS

FANTASMES

CHERS AMIS BONSOIR !
?
NOUS VOUS PROPOSONS CE SOIR UN GRAND FILM DE SCIENCE-FICTION ET D'HORREUR, "LES HOMO SAPIENS ENVAHISSENT LA TERRE". À DÉCONSEILLER AUX SPECTATEURS ÉMOTIFS.
?
?
SUIVRA ENSUITE "L'ÉVOLUTION DES LAMELLIBRANCHES EN TEMPS RÉEL". GRETA-LA-MOULE VERRA-T-ELLE APPARAÎTRE LA PAIRE D'ANTENNES DONT ELLE RÊVE DEPUIS SI LONGTEMPS ? NOUS LE SAURONS EN REGARDANT LE 72845324e ÉPISODE DE CE PALPITANT FEUILLETON...
?
?
HI HI HI
HÉ HÉ HÉ
HU HU HU
...APRÈS QUOI NOUS CLÔTURERONS CETTE SOIRÉE PAR UN DOCUMENTAIRE TORRIDE SUR L'ACCOUPLEMENT DES TRILOBITES EN MILIEU HUMIDE.
?
HI HI HI HI HI HI HI
MAIS VOICI TOUT D'ABORD VOS INFORMATIONS APEUPRÉHISTORIQUES SUIVIES DE LA MÉTÉO ET DES COURS DE LA BOURSE.
HA HA HA HA HA
BONG BONG
PFF... DÉCIDÉMENT, LES GRANDS GÉNIES PRÉCURSEURS SERONT TOUJOURS INCOMPRIS PAR LES ESPRITS VEULES ET PRIMITIFS DU COMMUN DES MORTELS !
C'EST DUR D'ÊTRE EN AVANCE SUR SON ÉPOQUE...
HA HA HO HO

PRÉVENANCE

CRAC
crac
KOF KOF
CRAC
BEN QU'EST-CE QUE TU FAIS LÀ, NAB? PLANQUE-TOI, IL VA FAIRE UN ORAGE.
TU ES AU COURANT?
CRAC
...ALTERNATIF...

MUTATION

LES CAPRICES DE LA NATURE SONT QUELQUEFOIS SURPRENANTS...
ATTENDEZ QUE JE VOUS EXPLIQUE.
NOUS VIVONS DANS UN MONDE OÙ TOUT PEUT ÉVOLUER TELLEMENT VITE QU'IL EST PARFOIS DIFFICILE DE S'Y RETROUVER : L'ENVIRONNEMENT, LE CLIMAT, LA VÉGÉTATION SONT SANS CESSE SOUMIS À DE BRUTALES ET IMPRÉVISIBLES MODIFICATIONS.
SAVEZ-VOUS QUE CERTAINS ANIMAUX PEUVENT AUSSI ÊTRE VICTIMES DE CURIEUSES MUTATIONS ? TENEZ PAR EXEMPLE : QUI POURRAIT PENSER...
... QUE CE BESTIAU STUPIDE ET RÉPUGNANT N'EST AUTRE QUE LE JOLI PETIT ESCARGOT QUI SE PROMENAIT DANS LA PREMIÈRE CASE DE CETTE HISTOIRE ?
ALLEZ COUCHÉ SALE BÊTE !

PERFORMANCE

SNIF
SNIF
PSSS...
WARF
SNIF
SNIF
PSSS...
ARF
SNIF
SNIF
SNIF
SNIF
SNIF
PSSS...
WARF
ARF
ARGH!!
QUE VOIS-JE ?
ENCORE LUI ?!?
????
TAGADA TAGADA
TAGADA TAGADA
HOP!
ZUT ! TROP TARD...
iiiiii
NON MAIS C'EST QU'IL AURAIT ENCORE ESSAYÉ DE S'APPROPRIER MON MAÎTRE SI J'AVAIS PAS ÉTÉ LÀ !...
ESPÈCE DE SANS-GÊNE !
PSSS...

BON SANG ! ENCORE CE CLÉBARD IDIOT QUI RAPPLIQUE POUR ME PISSER DESSUS !
AH NON, Y'EN A MARRE À LA FIN !
PRENONS LES DEVANTS : IL ME FAUT UN ENDROIT POUR ME PLANQUER... DANS CETTE GROTTE PAR EXEMPLE !
QUOIQUE NON... MAUVAIS PLAN. AVEC SON FLAIR IL M'AURA REPÉRÉ EN DIX SECONDES...
AUTRE CHOSE, VITE, AUTRE CHOSE !
GROAR
ÇA-Y-EST ! J'AI TROUVÉ !
VITE VITE. RAMASSER QUELQUES BRANCHAGES...
...ET HOP. TENUE CAMOUFLAGE ! NI VU NI CONNU, J'T'EMBROUILLE !
PIPI ! PIPI ! ÇA URGE !
MON MAÎTRE ! OÙ EST MON MAÎTRE ??...
GNIARK GNIARK
TANT PIS, JE PEUX PLUS TENIR... CET ARBRE FERA L'AFFAIRE !
PISSOU
AAAAHH... ÇA VA MIEUX !

HORREUR !

AAAH...
AAAHH...
C'EST LE SCHTROUMPF SCHTROUMPF SCHTROUMPF...
AAAHH
WHAT'S UP, DOC ?
HOUBA HOUBA
AU SECOURS!!
BOÏNG BOÏNG
AH MES AMIS, QUE JE SUIS CONTENT DE VOUS VOIR !... JE VIENS DE FAIRE UN CAUCHEMAR AFFREUX... DES MONSTRES IMMONDES !... PARTOUT... C'ÉTAIT HORRIBLE... HORRIBLE...

OUÂÂOUUU...
PSST! ILS SONT PARTIS?
??
AH C'EST TOI, BAO!
CHHHT!... MOINS FORT! S'ILS ENTENDENT, ILS VONT REVENIR!
"ILS"?...QUI ÇA, "ILS"?
TOUS LES SERPENTS MÂLES DE LA RÉGION! ILS ME POURSUIVENT, ILS ME TRAQUENT ET JE SUIS OBLIGÉ DE ME CACHER SANS QUOI ILS ME VIOLERAIENT TOUS SAUVAGEMENT!
COMME DES BÊTES!
...ET TOUT ÇA À CAUSE D'UNE STUPIDE INDIGESTION DE POMMES.
JE HAIS LES POMMES! DORÉNAVANT, C'EST MOI QUI LES FERAI MANGER AUX AUTRES!
ATTENDS ATTENDS... JE NE COMPRENDS RIEN À CE QUE TU RACONTES... QUEL RAPPORT PEUT-IL Y AVOIR ENTRE UNE INDIGESTION ET LES MANIFESTATIONS HYSTÉRIQUES ET LIBIDINEUSES DONT TU PRÉTENDS ÊTRE L'OBJET??
WAOUH
À PRIORI AUCUN, MAIS REGARDE OÙ LES POMMES SONT ALLÉES SE BLOQUER!!
ARF
ARF
ARF

SUPPOSITIONS

LE GRAND JOUR

AAAH!!
QUOI? QUOI? KESKISPASS?
LÀ!.. LÀ!!..
ÇA? MAIS CE SONT DES EMPREINTES FOSSILES, Y'A PAS DE QUOI S'AFFOLER!
TU CROIS?...
BIEN SÛR. CE SONT LES TRACES D'UN ABRUTISAURUS PLOUC. C'EST L'ANIMAL LE PLUS STUPIDE ET MÉCHANT DE LA CRÉATION!
Y'EN A D'AUTRES...
COMME C'EST ÉTRANGE... LA FORME DES EMPREINTES SE MODIFIE... J'EN DÉDUIS QUE L'ESPÈCE A DÛ SUBIR UNE BRUTALE ET SPECTACULAIRE ÉVOLUTION.
BIEN FAIT!
REGARDE: L'ANIMAL MARCHAIT DANS CE SENS. DONC, EN ALLANT EN SENS INVERSE NOUS REMONTONS DANS LE TEMPS ET AVEC UN PEU DE CHANCE, NOUS ALLONS BIENTÔT DÉCOUVRIR SON ÉTAT LE PLUS PRIMITIF...
...
TIENS, VOILÀ LES DERNIÈRES TRACES... AVEC DES PATTES PAREILLES, IL DEVAIT PAS ÊTRE JOLI JOLI À VOIR, TON BESTIAU...

DRESSAGE

RAPPORTE, YOUKI !
POC
AÏE !
PIM
PAM
POUM
GAW
PTOÏNG
OUMF !
PLOF
DONG
HEP, VOUS LÀ-B...
BLOM DELOM DELOM
TOC
Z
BRONG
C'EST LUI.
RAPPORTEUR !

PATIENCE

YOUHOU, J'ARRIVE ! JE NE SUIS PAS TROP EN RETARD ?
MMH...
OH NON... À PEINE 3 MOIS... OU ALORS C'EST MOI QUI ÉTAIS UN PEU EN AVANCE...
J'SAIS PLUS...

L'ERSATZ

OHÉ, LES AMIS! JE SUIS NABUCHODINOSAURE-DESSINÉ-PAR-HERLÉ. JE REMPLACE NABUCHODINOSAURE-DESSINÉ-PAR-WIDENLOCHER: IL SERA UN PEU EN RETARD ET...
ZOU
VOUS SAVEZ CE QUE C'EST, ÇA? UN MINABLOSAURUS DÉBILIS! HA, HA, HA!! LA TRONCHE QU'IL SE PAYE!!!...
HUM ...
ZOU
OH! UN STUPIDOSAURUS CRÉTINUS! WAAAH! QU'IL EST MOCHE!! HA HA HA!..
ZOU
WAAARGL!! UN IMBÉCILOSAURUS REX! LA CRIIIISE!
HI
HI
HI
HA
HOU
ZOU
EH! MAIS ÇA VA PAS, LA TÊTE??
AH C'EST TOI NAB?... EUH.. BON BEN JE VAIS TE LAISSER... EUH..
C'EST LA PREMIÈRE ET LA DERNIÈRE FOIS QUE JE ME FAIS REMPLACER PAR CET ABRUTI! NON SEULEMENT IL EST MAL DESSINÉ, MAIS EN PLUS, IL ESSAIE DE SE RENDRE PLUS INTÉRESSANT QUE MOI!!

VROAR !!

VROAR
?
VROAR
?!
???
VROAR
VROAR
VROAR
VROAR
VROAR...¡¡¡¡¡¡
BRANG!
BEN DITES-DONC... ILS ONT UNE SACRÉE PÊCHE LES ESCARGOTS EN CE MOMENT !...

22!

HEP, VOUS LÀ-BAS!
?
CONTRÔLE D'IDENTITÉ! PAPIERS! ET ATTENTION J'VOUS AI À L'OEIL!
PAPIERS?
OUI! PAPIERS! Z'ÊTES SOURD, PEUT-ÊTRE? OU BIEN ALORS C'EST MOI QUE JE CAUSE PAS CORRECTEMENT, HEIN?
EUH...
JE VOUS PRÉVIENS PÉREMPTOIREMENT QUE SI NONOBSTANT VOUS REFUSEZ D'OBTEMPÉRER EN DÉFIANT L'AUTORITÉ PUBLIQUE REPRÉSENTÉE PAR LA PERSONNE DE MOI-MÊME, LADITE AUTORITÉ PUBLIQUE SUSNOMMÉE SE VERRA DANS L'OBLIGATION DE VOUS EMBARQUER MANU MILITARI, VOIRE MÊME PAR LA FORCE S'IL LE FAUT!
D'AUTANT PLUS QUE J'VOUS AI À L'OEIL, À FORTIORI, À CONTRARIO, ET CAETERA!
ALORS JE RÉPÈTE POUR LA SECONDE ET ULTIMIÈME FOIS:
CONTRÔLE D'IDENTITÉ!!
PA-PIERS!!
OUI... EUH... VOILÀ, M'SIEUR L'AGENT... MA CARTE D'IDENTITÉ, MON PASSEPORT, MON PERMIS DE CONDUIRE ET MA CARTE DE DONNEUR DE SANG...
HM... OUI... BON... HRM... EH BIEN TOUT CELA ME PARAÎT ÊTRE EN RÈGLE... ÇA VA POUR CETTE FOIS, MAIS N'Y REVENEZ PLUS!
J'VOUS AI À L'OEIL!
OUI M'SIEUR... MERCI M'SIEUR...
PFOU!... ENCORE UN QUI FAIT SEMBLANT DE SAVOIR LIRE! HEUREUSEMENT QUE J'AVAIS RAMASSÉ CES FEUILLES POUR MON HERBIER...
HEP, VOUS LÀ BAS!

CIVILITÉS

BONJOUR, MADAME LA PIERRE !
...
HÉ, HO ! J'AI DIT : "BONJOUR MADAME LA PIERRE !"
ET ALORS, TU ES SOURDE, OU QUOI ? TU POURRAIS AU MOINS AVOIR LA POLITESSE DE RÉPONDRE QUAND ON T'ADRESSE LA PAROLE !!
TE FATIGUE PAS, VIEUX, C'EST PAS LA PEINE D'INSISTER.
AH BON ? ET POURQUOI ?
BEN TOUT SIMPLEMENT PARCE QU'ON EST PAS ENCORE À L'ÉPOQUE DE LA PIERRE POLIE, NUNUCHE !

HYGIÈNE

ALLONS BON, V'LÀ AUTRE CHOSE. QU'EST-CE QU'IL A ENCORE INVENTÉ, CELUI-LÀ ?
OUAF, OUAF! IL EST RIDICULE!!
RIEZ, RIEZ, VOLATILES STUPIDES ET PRIMITIFS! VOUS ÊTES DÉCIDÉMENT INCAPABLES DE COMPRENDRE LE COMPORTEMENT D'UN INDIVIDU PLUS ÉVOLUÉ QUE VOUS ET C'EST POURQUOI JE VOUS MÉPRISE SUPERBEMENT ET SOUVERAINEMENT !
OAH! IL PARLE BIEN! TU TROUVES PAS, IGOR?
OH OUI, GRISHKA! CECI DIT, J'AIMERAIS BIEN QU'IL DAIGNE NOUS EXPLIQUER EN QUOI SE TREMPER LE DERRIÈRE DANS L'EAU CONSTITUE EN SOI UN FAIT AUSSI EXTRAORDINAIRE...
ERREUR GROSSIÈRE, BESTIOLE INCULTE! JE NE ME TREMPE PAS LE DERRIÈRE, JE PRENDS UN BAIN DE SIÈGE. NUANCE !
MAIS, JE SUPPOSE QUE TOUTE NOTION D'HYGIÈNE VOUS EST TOTALEMENT ÉTRANGÈRE... NE COMPTEZ PAS SUR MOI POUR TENTER DE VOUS OUVRIR L'ESPRIT À CES CHOSES-LÀ, CAR IL FAUDRAIT TOUT D'ABORD QUE VOUS EUSSIEZ UN ESPRIT (CE DONT JE DOUTE FORTEMENT...)
BON, C'EST BIEN BEAU TOUT ÇA, MAIS IL DOIT ÊTRE À POINT, MAINTENANT...
OUI, JE CROIS QU'ON PEUT LUI DIRE QUE DEPUIS UNE HEURE IL SE TREMPE...
...DANS UNE MARE INFESTÉE DE PIRANHAS !!
YAAARGH!!
Yaaargh

DIS-MOI, NAB: C'EST QUOI AU JUSTE LA CHAÎNE ALIMENTAIRE?
ARF
SE VAIS T'EXPLIQUER, C'EST TRÈS SIMPLE: IL S'AGIT D'UN PROCESSUS NATUREL QUI PART DES ÊTRES MICROSCOPIQUES, LE PLANCTON, POUR ABOUTIR À NOUS AUTRES VERTÉBRÉS SUPÉRIEURS ET INTELLIGENTS.
LE PRINCIPE EST LE SUIVANT: À L'INTÉRIEUR DE LA CHAÎNE CHAQUE ESPÈCE SE NOURRIT DE LA PRÉCÉDENTE; LES HERBES SONT MANGÉES PAR LES HERBIVORES, QUI SONT MANGÉS PAR LES CARNIVORES QUI SONT EUX-MÊMES MANGÉS PAR DES CARNIVORES PLUS GROS QU'EUX.
BREF, ET POUR RÉSUMER, C'EST UNE LOI DE LA NATURE QUI VEUT QUE LES PETITS SE FASSENT BOUFFER PAR LES GROS. SOIT DIT EN PASSANT, SE M'ÉTONNE QUE TU L'IGNORES ENCORE À TON ÂGE!
!!
AH NON, C'EST PAS MOI, C'EST LUI! SE LUI AI DÉJÀ EXPLIQUÉ MAIS IL VEUT PAS ME CROIRE...
ARGN
MIAM
SLURP

LE COCOTIER

OAH ! UN COCOTIER !
GÉNIAL !
OUI MAIS ATTENTION, NAB, NE T'EMBALLE PAS : SECOUER CE COCOTIER SERAIT LE MEILLEUR MOYEN POUR RECEVOIR UNE NOIX SUR LE CRÂNE ?
JE VOIS VENIR LE COUP !
... DONC, PRUDENCE ET PRÉVENTION AVANT TOUT !
AH, MAIS ON ME LA FAIT PAS, À MOI !!
ET VOILÀ ! JE SUIS PARÉ À TOUTE ÉVENTUALITÉ ! AH, MAIS ON ME LA FAIT PAS, À MOI !
(JE SAIS, JE L'AI DÉJÀ DIT, MAIS IL EST DES VÉRITÉS QU'IL EST PARFOIS BON DE RÉPÉTER !)
ALLEZ, TOMBEZ, JOLIES NOIX DE COCO !
MIAM...
?!!
BOUM
BOUM
BOUM
ÇA ALORS ! LES SINGES POUSSENT SUR LES COCOTIERS MAINTENANT ? ...
QU'EST-CE QUE C'EST QUE CE MONDE À LA NOIX ?
???
TÈ, JE TE MENS PAS : J'AI VU UN BERNARD L'HERMITE ÉNORME ! MONSTRUEUX ! MÊME QU'ON AURAIT DIT UN DINOSAURE !
OH FADA, TU ME PRENDS POUR UN COUILLON, LÀ !

HA HA HA
BONJOUR LES AMIS, JE SUIS NABUCHOBRONTOSAURE LE NOUVEAU HÉROS DE B.D QUI VA VOUS FAIRE MOURIR DE RIRE !
HA HA HA
ONE AGAIN !
TENEZ, J'EN AI UNE BIEN BONNE À VOUS RACONTER : C'EST UN JOUR, UN PETIT ARCHÉOPTÉRIX QUI SORT DE SON OEUF...
HA HA
(ELLE EST DÉJÀ POILANTE COMME ÇA, MAIS ATTENDEZ LA SUITE !)
Hi Hi Hi
...ALORS IL ESSAYE DE VOLER, MAIS IL TOMBE PAR TERRE JUSTE DEVANT UN ÉNORME DIPLODOCUS DE 30 TONNES QUI LUI DIT : " ÇA ALORS UN...
(VOUS ALLEZ VOIR, VOUS ALLEZ VOUS FENDRE LA PÊCHE !)
Ho Ho
Hi Hi
SUPER COOL !
HA HA
OUÂ LE CON !
BRONG
JE SAIS, JE SAIS. VOUS ÊTES TOUS FRUSTRÉS DE NE PAS CONNAÎTRE LA FIN DE L'HISTOIRE...
...MAIS MOI, S'IL Y A UNE CHOSE QUE JE NE SUPPORTE ABSOLUMENT PAS, C'EST BIEN LA CONCURRENCE !
À BON ENTENDEUR, SALUT !

NUIT CÂLINE

AH MANON ! LA DOUCE QUIÉTUDE DE CETTE NUIT ÉTOILÉE INCLINE MON ÂME VERS DE BIEN ROMANTIQUES SENTIMENTS !...
OH ! LÀ ! UNE ÉTOILE FILANTE ! HEUREUX PRÉSAGE... VITE, FAISONS UN VOEU !
REGARDE ! UNE AUTRE !... ET LÀ, ENCORE UNE !!
INCROYABLE ! MERVEILLEUX ! UNE MULTITUDE D'ÉTOILES FILANTES ! JAMAIS JE N'EN AVAIS VU AUTANT...
?!?!
AH, MANON, MANON !... POUR CHACUNE DE CES ÉTOILES J'AI FORMÉ UN VOEU... TOUJOURS LE MÊME... NUL DOUTE MAINTENANT QU'IL SE RÉALISE...
MANON !... JE...
TU VEUX QUE JE TE DISE ?
UNE PLUIE D'ÉTOILES FILANTES AVEC DES TRAJECTOIRES AUSSI TORDUES, CHEZ MOI ON APPELLE ÇA UNE NUÉE DE LUCIOLES !
TINTIN POUR LE VOEU...

BOUM!
OUIIIINNN...
HEIN?... QUOI?... KESKISPASS?...
OUIN! JE ME SUIS CASSÉ LA GUEULE DE SUR UN ARBRE ET JE M'AI FAIT TRÈS BOBO!!
OUIN
ALLONS ALLONS, NE PLEURE PLUS, ON VA VOIR ÇA... TU VAS ALLER TREMPER TA QUEUE DANS LA MER, LÀ-BAS.
BOU HOU HOU
COMME ÇA?
PÂÂÂRFAIT. RESTE LÀ ET LAISSE-MOI FAIRE...
EH! PSST!...
?
BLEBELEBELEB!
!!
TOUT VA BIEN. NE BOUGE SURTOUT PAS...
?
YAAAAA
GNAP
ÇA VA. APPAREMMENT IL N'Y A PAS DE FRACTURE ...
... PAR CONTRE, TU M'AS L'AIR UN PEU FATIGUÉ. ÉVITE LE SURMENAGE!
MERCI NAB..

...
???
GRRR...
GRAT
GRAT...
SNIF... SNIF...
SNIF... SNIF...
SNIF... SNIF...
SNIF?... SNIF?...
AAAAHH
MON MAîTRE! MON MAîTRE BIEN-AIMÉ DÉVORÉ PAR CE MONSTRE GLUANT, C'EST TROP HORRIBLE!!!
BOUHOU!
DÉVORÉ! TOUT DE SUITE LES GRANDS MOTS... ON FAIT JUSTE UN TEST DE SAC DE COUCHAGE POUR LE CAMPING, GROS BÊTA!
CROUIC
!!!

PLAF !

PLAF
...
HAN !
PLAF
...
PTOUÏ
ZOUF
ZOUF
PLAF
ALORS?
ÇA MARCHE PAS, CHEF. ÇA FAIT 17 FOIS QUE JE TAPE, MAIS LA PIERRE EST TROP DURE...
ESSAYE AUTRE CHOSE ! IL FAUT ABSOLUMENT ARRIVER À PRENDRE SES EMPREINTES POUR LES CONTRÔLES D'IDENTITÉ !
CONTRE UN ARBRE PEUT-ÊTRE ?...

LES BONNES MANIÈRES

YOUKI ! AU PIED ! ALLONS !!
SNIF SNIF
MAIS... QU'EST-CE QUE C'EST QUE CE TRUC-LÀ ?
GRATTE GRATTE
JAMAIS VU UN ENGIN PAREIL... ON DIRAIT QU'UNE SORTE D'INSCRIPTION EST GRAVÉE DESSUS...
ARF
IL FAUT LA DÉGAGER. VA JOUER AILLEURS, TOI ; JE PRESSENS QUE JE SUIS EN TRAIN DE FAIRE UNE DÉCOUVERTE CAPITALE !!
INGRAT !
POC
HUMPF...
PFOU !! RÉFLÉCHISSONS. CET OBJET EST TROP RÉGULIER POUR ÊTRE LE FRUIT DU HASARD...
...DONC CELA VOUDRAIT DIRE QU'IL EST L'OEUVRE D'UNE CIVILISATION ANTÉRIEURE À LA NÔTRE ! INCROYABLE !!
EN TOUT CAS, ILS DEVAIENT DRÔLEMENT AIMER LA NATURE POUR DESSINER D'AUSSI JOLIES FLEURS !!

RECHERCHE NAB DÉSESPÉRÉMENT

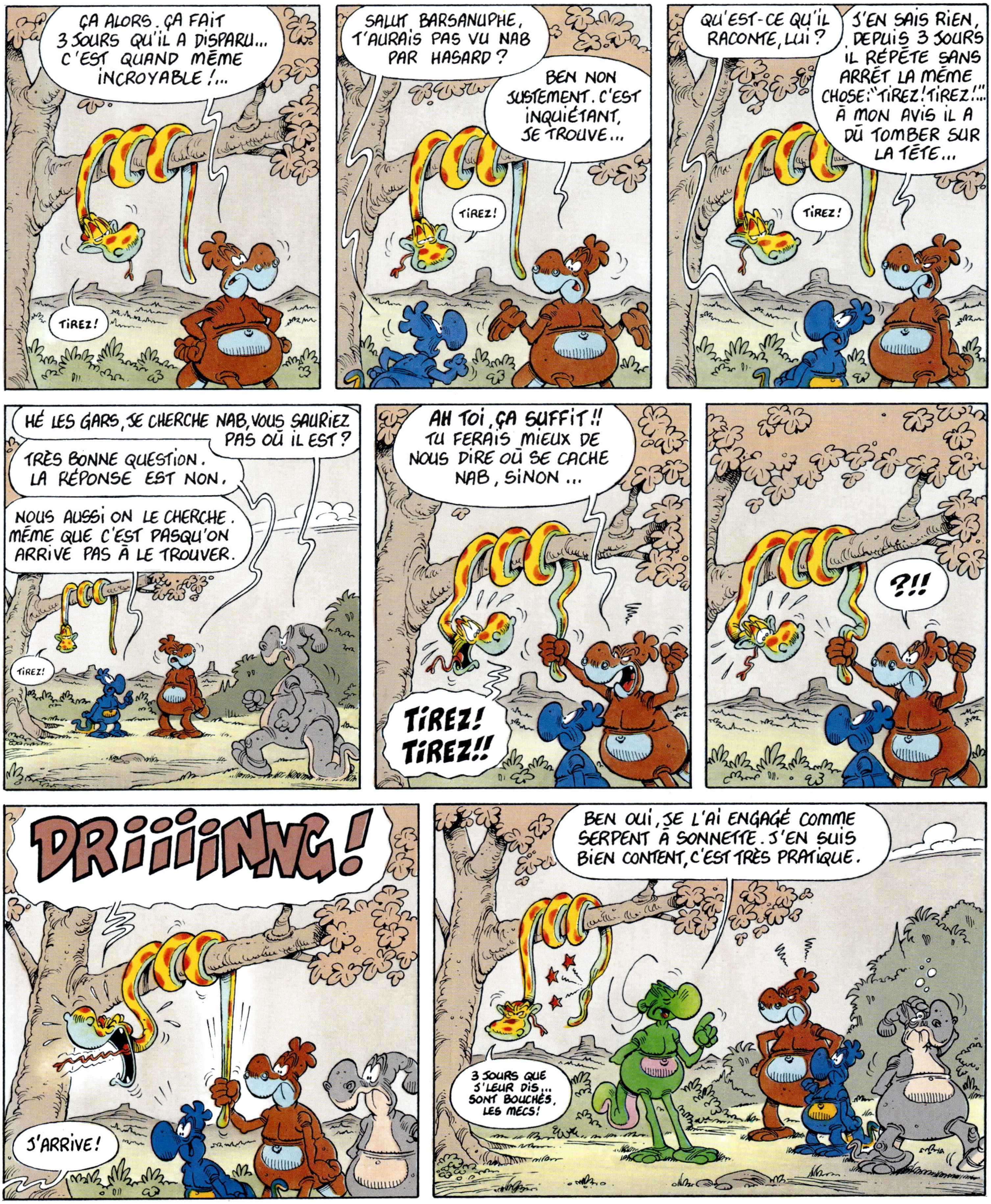

RÉVEIL EN FANFARE

PFOU! CETTE FOIS, ON L'A ÉCHAPPÉ BELLE! JE SAIS PAS COMMENT ON A FAIT, MAIS ON A QUAND MÊME RÉUSSI À LE SEMER!
TU CROIS?
BIEN SÛR! PAS DE DANGER QU'IL NOUS RETROUVE ICI, C'EST LA PLANQUE IDÉALE.
MOI, JE SUIS PAS RASSURÉ...
AH, QUEL TROUILLARD TU ES!! JE TE DIS QU'ON EST EN SÉCURITÉ. TU AS CONFIANCE EN MOI, OUI OU NON?
C'EST PAS ÇA, MAIS J'AI PEUR DANS LE NOIR...
BON, BON, ON VA ARRANGER ÇA... J'AI JUSTEMENT DEUX SILEX SUR MOI. PASSE-MOI TON GOURDIN ON VA FAIRE UNE TORCHE.
TCHAK TCHAK
ZUT, LE BOIS EST HUMIDE...
AH, ÇA-Y-EST, VOYONS UN PEU OÙ NOUS SOMMES...
C'EST ÉTRANGE, ON DIRAIT UNE SORTE DE GROTTE...
NAB, J'ENTENDS DES BRUITS BIZARRES! JE SUIS SÛR QU'IL NOUS CHERCHE...
TAIS-TOI! JE TE RÉPÈTE QU'ICI ON NE RISQUE RIEN! PAROLE DE NAB, C'EST PAS AUJOURD'HUI QU'ON SE FERA BOUFFER TOUT CRUS!
?
GRRRR...
SNIF SNIF

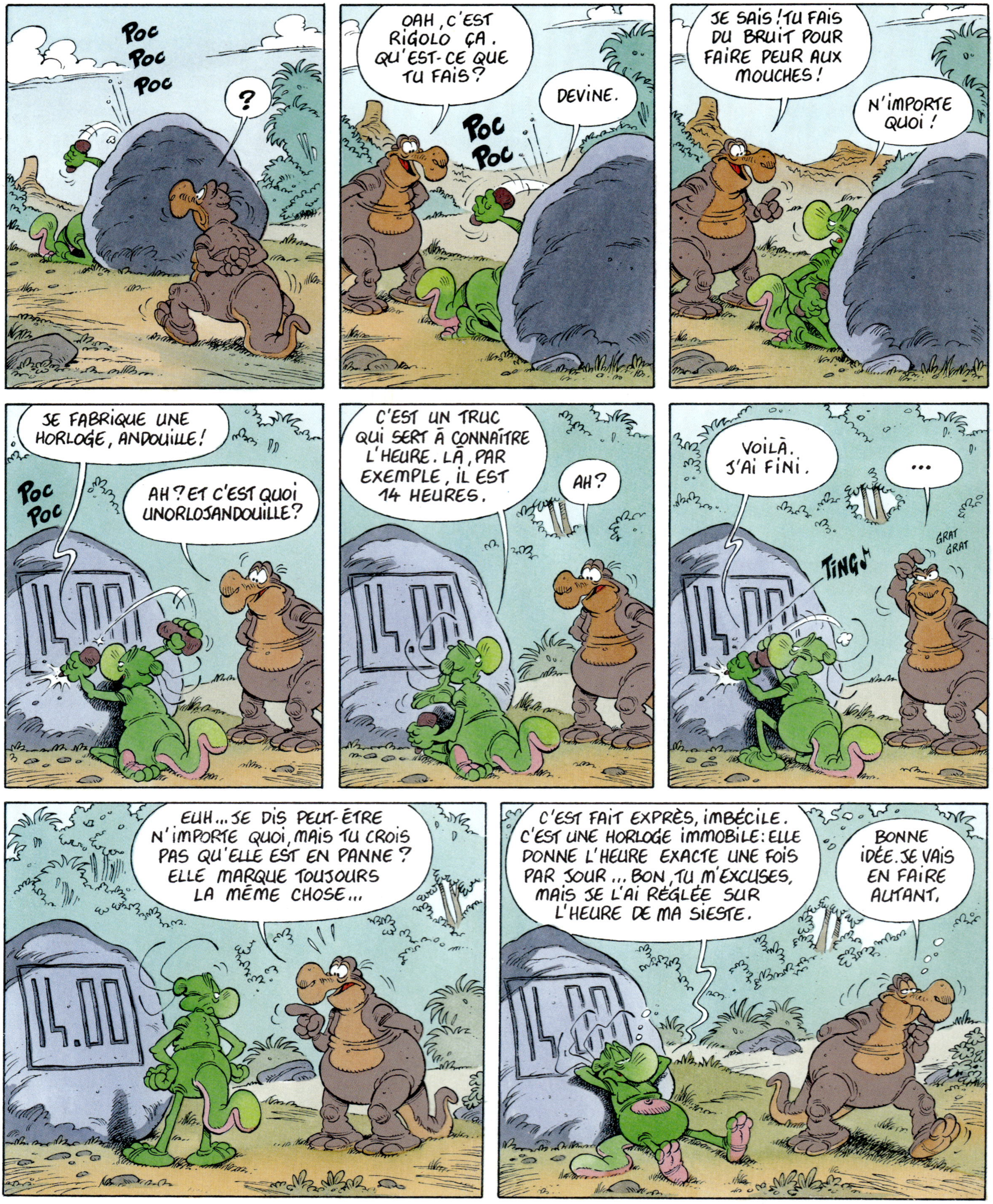
POC POC POC
?
OAH, C'EST RIGOLO ÇA. QU'EST-CE QUE TU FAIS?
POC POC
DEVINE.
JE SAIS! TU FAIS DU BRUIT POUR FAIRE PEUR AUX MOUCHES!
N'IMPORTE QUOI!
JE FABRIQUE UNE HORLOGE, ANDOUILLE!
POC POC
AH? ET C'EST QUOI UNORLOJANDOUILLE?
C'EST UN TRUC QUI SERT À CONNAÎTRE L'HEURE. LÀ, PAR EXEMPLE, IL EST 14 HEURES.
AH?
VOILÀ. J'AI FINI.
TING
...
GRAT GRAT
EUH... JE DIS PEUT-ÊTRE N'IMPORTE QUOI, MAIS TU CROIS PAS QU'ELLE EST EN PANNE? ELLE MARQUE TOUJOURS LA MÊME CHOSE...
C'EST FAIT EXPRÈS, IMBÉCILE. C'EST UNE HORLOGE IMMOBILE: ELLE DONNE L'HEURE EXACTE UNE FOIS PAR JOUR... BON, TU M'EXCUSES, MAIS JE L'AI RÉGLÉE SUR L'HEURE DE MA SIESTE.
BONNE IDÉE. JE VAIS EN FAIRE AUTANT.

LA BONNE BLAGUE

LE POSTULANT

L'ATTRAPE-NIGAUD

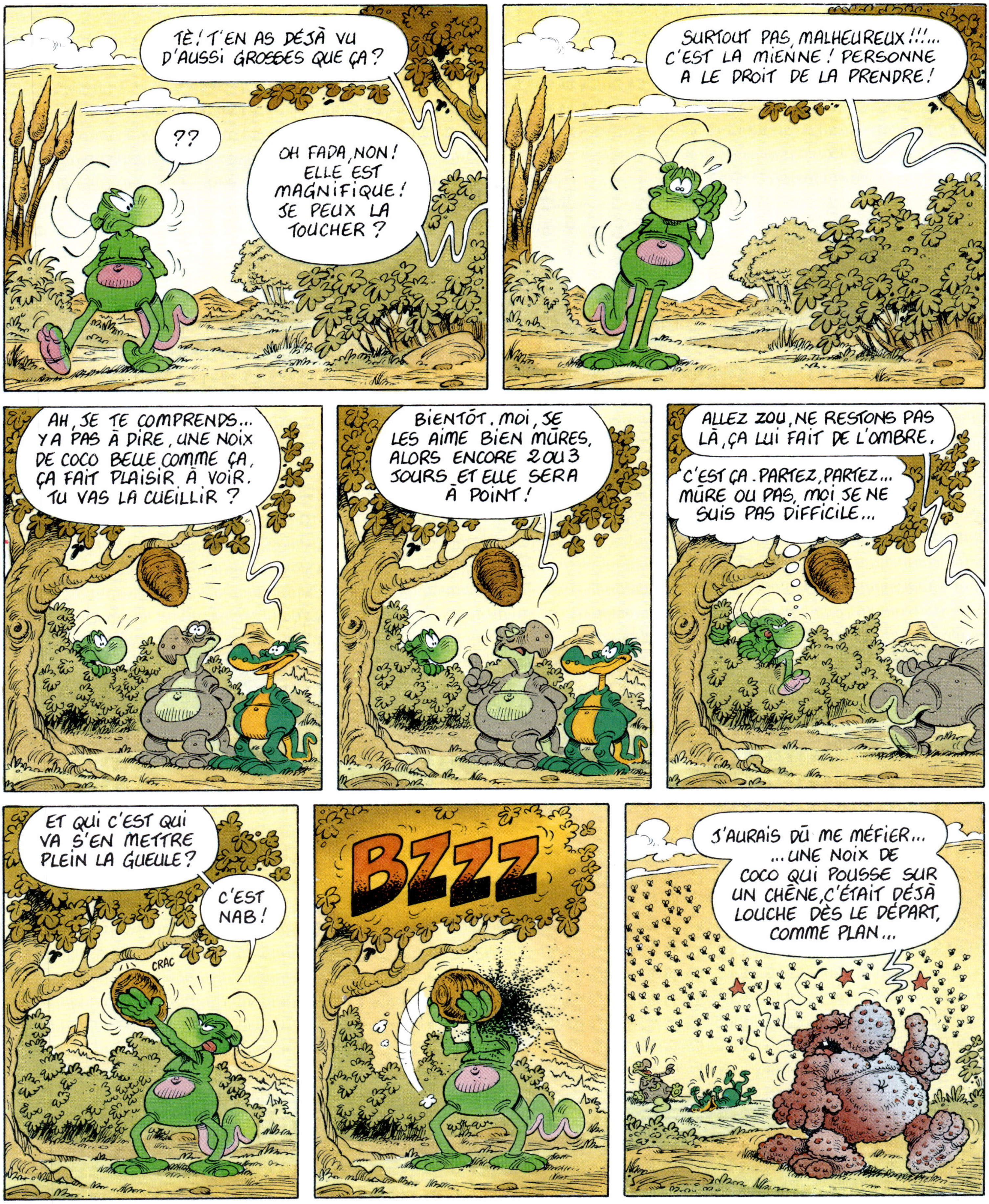

FLAGRANT DÉLIT

KUNG-FU

1ère LEÇON
?
YAKATÔÔÔÔ...
PLAF
CLAC
CLAC
CLAC
CLAC
GRR...
Piou
Piou
Piou
Piou
POUËT
2e LEÇON
KOSTO
KOSTO
KOSTO
KOSTO
KOSTO
KOSTO
KOSTO
KOSTOOO
Boum
Boum
Boum
Boum
PAF!
AÏE
HOSTO
HOSTO
HOSTO
HOSTO
HOSTO
HOSTO
HOSTO
HOSTO
3e LEÇON
KRIKITU! BRUSLI!
YoooZÔÔÔÔ
KIAÏ!
TCHRIK
TCHAK
AYAYAYAYAÏÏ
SILEX EXTRA PREMIER CHOIX!

L'ANCÊTRE

HÉ! VOUS AVEZ VU?
VOUS CROYEZ QUE ÇA MORD?
ÇA ALORS! QU'EST-CE QUE ÇA PEUT BIEN ÊTRE?
POUSSEZ PAS
NE LE TOUCHEZ PAS, ON NE SAIT JAMAIS...
BEN ALORS, QU'EST-CE QU'IL SE PASSE, ICI? VOUS FAITES UNE MANIF?
NON, C'EST LE CHIEN, IL A DÉTERRÉ UN TRUC BIZARRE, REGARDE...
ATTENTION!
...
SOIS PRUDENT...
ÇA, PAR EXEMPLE!!
? ? ? ? ? ? ?
C'EST UN CRÂNE FOSSILE! SANS DOUTE UNE ESPÈCE DISPARUE DEPUIS PLUSIEURS MILLIONS D'ANNÉES...
OOOOHH!
ET VOUS SAVEZ QUOI?... EH BIEN C'EST PEUT-ÊTRE MÊME LE CRÂNE DE L'UN DE NOS ANCÊTRES!!
QUOI??
RIDICULE!
STUPIDE!
INSINUER QUE NOUS POURRIONS DESCENDRE DE CE MONSTRE! C'EST ABSURDE!
C'EST MÊME BLASPHÉMATOIRE: TOUT LE MONDE SAIT QUE DIEU A CRÉÉ LE DINOSAURE À SON IMAGE!
TSS
ILS N'ONT PAS TORT DANS LE FOND...
QU'EST-CE QUE JE PEUX DIRE COMME CONNERIES QUAND JE M'Y METS!...
POC
AÏE

COQUILLAGES ET CRUSTACÉS

LE RÂLEUR

AH, J'VOUS JURE! CH'EST PRATIQUE, TIENS...
?
C'EST INADMISSIBLE! ON SE MOQUE DU MONDE, ICI!
??
BON, CETTE FOIS C'EST DÉCIDÉ: JE VAIS CRÉER UNE ASSOCIATION DE DÉFENSE DES CONSOMMATEURS POUR FAIRE CESSER CE SCANDALE!
...ET PEUT-ON CONNAÎTRE LA RAISON DE CETTE GROSSE COLÈRE?
Y A MÊME PAS UN CADDY DANS CE SUPERMARCHÉ!
C'EST HONTEUX!

MÉDITATION

ÇA-Y-EST ! JE L'AI TROUVÉ, IL EST LÀ-BAS.
AH, C'EST PAS TROP TÔT. ET QU'EST-CE QU'IL FAIT ?
RIEN. IL CONTEMPLE.
IL CONTEMPLE ???
ET ALORS ? TU POURRAIS RÉPONDRE QUAND ON T'APPELLE. TU CROIS QUE ÇA NOUS AMUSE DE PASSER NOTRE VIE À TE CHERCHER ??
FAITES UN PEU DE SILENCE, AMIS ; NE TROUBLEZ PAS LA SÉRÉNITÉ DE CE LIEU...
REGARDEZ PLUTÔT : N'EST-CE PAS UN SPECTACLE MERVEILLEUX QUI S'OFFRE À NOS YEUX ?
BEN... C'EST UN ALIGNEMENT DE MENHIRS, TOUT SIMPLEMENT...
"TOUT SIMPLEMENT" !!... TU DÉMONTRES, PAR LA STUPIDITÉ DE TA REMARQUE, LA LOURDEUR DE TON ESPRIT. TU NE VOIS DES CHOSES QUE LEUR ASPECT SUPERFICIEL ! TU N'ES QU'UN BÉOTIEN !!
EN REVANCHE, LA CONTEMPLATION DE CES MENHIRS EST POUR MOI LA SOURCE D'UNE RÉFLEXION ET D'UN ENRICHISSEMENT PERSONNEL QU'IL ME SERAIT DOUX DE VOUS FAIRE PARTAGER...
...CAR À MOI QUI SUIS EN MESURE D'APPRÉHENDER LEUR BEAUTÉ CACHÉE, CES COLOSSES MONOLITHIQUES PARLENT ET RACONTENT L'HISTOIRE LOINTAINE DE CEUX QUI LES ONT ÉRIGÉS...
...DE MÊME QU'ILS ENVOIENT LEUR MESSAGE JUSQU'AUX GÉNÉRATIONS FUTURES QUI DANS PLUSIEURS MILLIONS D'ANNÉES VIENDRONT ENCORE ICI POUR LES ADMIRER !
TCHIP TCHIP
CRAC...
TCHIP TCHIP
CRAC...
TCHIP TCHIP

www.dargaud.com

« Loi n° 49-956 du 16 juillet sur les publications destinées à la jeunesse ».
Dépôt légal : mai 2003 • ISBN : 2-88257-055-4
Printed in France • mai 2003 • PPO Graphic, 93500 Pantin

Herlus
Scribouillardus
debilis Rex
A/
1917s
Widenlocher
Gribouillard
cretinus imp
dmmonite
simplex
V/
231